KB147771

회를 먹던 가족

황금알 시인선 234

회를 먹던 가족

초판발행일 | 2021년 10월 23일

지은이 | 김승강
펴낸곳 | 도서출판 황금알
펴낸이 | 金永馥
주간 | 김영탁
편집실장 | 조경숙
표지디자인 | 칼라박스
주소 | 03088 서울시 종로구 이화장2길 29-3, 104호(동숭동)
전화 | 02)2275-9171
팩스 | 02)2275-9172
이메일 | tibet21@hanmail.net
홈페이지 | http://goldegg21.com
출판등록 | 2003년 03월 26일(제300-2003-230호)

회를 먹던 가족

김승강 시집

황금알

오늘도 그가 점심을 샀다

점심을 얻어먹는 대신 나는 그의 이야기를 들어주었다

그는 이야기를 끝내고 먼 여행을 떠나야 한다고 했다

차 례

2부

3부

4부

1부

육중한 문

문을 열고 들어가자
모두 고개를 돌려 나를 쳐다보았다
먼저 도착한 이들이었다
내가 들어오고
뒤이어 누군가가 들어왔는데
먼저 도착한 이들과 함께 나도 그를 쳐다보았다
나는 열두 번째로 도착한 것이었다
이제 두 명만 더 오면 된다고 했다
우리를 양편으로 갈라놓은
긴 식탁 위로 음식들이 놓이기 시작했다
열네 번째로 도착한 이가 들어오고
바로 열다섯 번째로 도착한 이가 들어왔다
마지막으로 모두 그를 쳐다보았다
음식이 다 놓이고
문이 덜컹하고 육중하게 닫혔다
방은 관처럼 길었고
창은 감옥처럼 높았다
우리는 우선 차려진 음식부터 먹기로 했다

장미의 기억

그녀가 나를 향해 걸어오고 있었다

내가 그를 향해 걸어갔다

우리는 서로를 지나쳤다

그녀를 지나쳐 몇 걸음 뒤 나는 그녀를 뒤돌아보았다

나를 지나쳐 몇 걸음 뒤 그녀가 나를 뒤돌아보았다

두 시선이 허공에서 만나 흔들렸다

장미 한 송이 길 위로 툭 떨어졌다

통영

두 번째 날이 저물자
나는 다시 술집을 찾아 나섰다
시장통을 기웃거리는데 한 선술집이 눈에 들어왔다
선술집 출입문 유리창에는
빨간 페인트 글씨로
안주일절이라고 쓰여 있었다
나는 그 문구가 정겨워
격자창 미닫이문을 밀고 술집으로 들어갔다
술집 문을 들어서자
네댓 명이서 술을 마시고 있던 일행이
나에게 시선을 주었다
그 일행은 손님들 중에서도
유별나게 눈에 띄었는데
모두 후줄근한 양복에
잠자리 안경을 쓰고 있었다
놀랍게도 다 아는 사람들이었고
모두 죽은 사람들이었다
나도 모르게 아는 체를 하려는 순간
그들은 나에게서 시선을 거두고

아무 일도 없었다는 듯
하던 이야기를 계속했다
나는 선술집 창가 한쪽 구석에서
출입문을 등지고 앉아
혼자 술과 밥을 먹었다
출입문 유리창의 안주일절이라는 문구가
등으로 박혀 들어와 술잔에 어른거렸다

든든한 부부

비밀은 공유가 가능한가
둘 사이에 비밀이 없을 때
둘이 공유하는 비밀은 비밀인가 아닌가

이를테면,
이건 우리 둘만의 비밀이야

한쪽이 사람들 몰래
눈을 찡긋한다
다른 한쪽은 든든하다

공유하는 비밀은 아랫도리를 젖게 한다

공공연한 비밀은 비밀인가 아닌가

공공연한 비밀 말고
진짜 비밀을 보장한다며
다른 집과 어울리지 못하는 집이 한 채
길가에 서서 외치고 있다

한 부부가
길가의 집을 지나쳐 가며 서로 눈을 찡긋한다

세상에 없는 큰 뱀

숲길에서는 뱀을 조심해야 한다
뱀은 사람의 발자국 소리를 듣고 먼저 피한다는데
그가 미처 피하기도 전에 내가 그 앞에 나타날 수도 있
는 것이다
뱀의 시선으로
뱀을 내려다보고 있는 나를 상상해보았다
압도적인 두려움이 밀려왔다
두려움에 당황한 뱀은 위험하다
뱀을 발견하면 이쪽에서도 당황하기는 마찬가지
모골이 송연해지면서
머리끝으로 뭔가가 빠져나가는 느낌이 든다
기분 나쁜 쾌감이랄까
중독성이 있다
할머니는 내가 만화책을 보다가 뱀 그림이 나오면
어린아이처럼 보여달라고 조르셨다
할머니는 뱀이 클수록 더 좋아하셨다
할머니는 뱀띠셨다
나는 숲길을 갈 때
뱀이 나타난다면

세상에 없는 큰 놈이 나타나 주기를 바란다
뭐랄까 더 큰 기분 나쁜 쾌감을 원한다고나 할까
자동차를 몰고 한적한 시골길을 달리다
길을 건너가고 있는 뱀을 만난 적이 있다
나는 그때 뱀을 피하지 않고
뱀을 쫓아가고 있었다
좆만 한 새끼가 어디서;
화가 났다
나를 놀라게 한 놈이 괘씸했다
바퀴로 밟아버리고 싶었다
더 큰 기분 나쁜 쾌감을 얻고 싶었다

고백

나는 미장원 여주인에게 작가라고 고백하고 말았다
왜 그랬을까
미장원에 갈 때마다 미장원 여주인에게 미안하다
왜냐하면 나는 대머리이기 때문이다
대머리가 미안한 일인지는 모르겠지만
어쨌든 미안하다
대머리가 작가이면 안 미안하단 말인가
외면하다가도
미장원에서는 볼 수밖에 없는 거울
거울 때문이었을까
너에게도 하지 않은 고백을
미장원 여주인에게 하고 말았다
아무에게도 작가라고 말하지 않기로 했던 것이
미장원 여주인에게 고백한 것과 무슨 상관이 있을까
미장원 여주인은 거울을 힐끗 쳐다봤을 뿐
아무 말이 없었다
그녀의 일은 사람들의 머리를 만지는 것
대머리를 맡기고
거울을 한참 들여다본다는 건 엉뚱한 고백을 부르는 일

고백은 부끄러운 것
거울 속으로 들어간 작가가 있었다면
그는 분명 대머리였을 것이다

과음한 친구들은 일찍 죽었다 했다

대낮부터 술집으로 사람들이 모여들었다

남자를 따라온 낯선 여자가 있었다

주인 여자가 부침개를 구워 낯선 여자에게 건넸다
어제 배에서 내린 친구가 부침개에 먼저 젓가락을 갖
다 대었다

꽃이 질 때 술집 밖으로 내리는 비는 과장된 측면이 있다

배에서 내린 친구가
연거푸 술잔을 들이켰다

안민고개

안민고개 천 그루 벚나무에 꽃이 핀다

어젯밤 벚나무 아래 누가 또 죽은 자의 뼛가루를 묻었다

죽음은 앞서가고 꽃은 뒤에 피었다

겨울 산수화

너의 집이 생각난다
방문을 열고
윗목에 깔아놓은 이불 속으로 들어가
방금 들어온 방문 위를 올려다보면
천장 밑 벽에 그림 액자가 하나 걸려있었다
그림 속에서는 한 노인이 허정허정 산속을 걸어갔고
너는 그날까지 외운 국민교육헌장을
소리 내어 외우며 자랑했다
나는 산수화 속의 노인을 따라가다가
자꾸 너의 국민교육헌장을 놓쳤다
눈이 내리고 있었다
강에 작은 배가 한 척
고깃배였는지
나룻배였는지
이불 속에서도 나는 조금 추웠는데
추워서 이불을 당겨 덮었는데
너의 집은 세끼 밥 말고는
주전부리할 것이라고는 아무것도 없고
티브이도 라디오도 없었다

나의 집도 마찬가지였지만
너의 집에 자주 놀러 갔던 것은
액자 속 그림이 노인을 따라 산속으로 들어가는 길을
내게 가르쳐주었던 것;
어제처럼 오늘처럼 눈은 내리고
강물 속의 물고기들은 살아있을까
산새들은 어디서 그림자와 만날까
천장 아래 산수화 한 점
너는 그날까지 외운 미완의 국민교육헌장을 외우고
나는 노인을 따라 산속으로 걸어 들어갔다

바보 형님

동네에 바보 형님이 있었습니다 형님은 동네 아이들에게 놀림을 당하는 바보였지만 부지런하기로 소문이 나있었습니다 비오는 날을 제외하고 하루도 빠짐없이 아침이면 일터로 나가고 저녁이면 일터에서 돌아왔습니다 눈오는 날을 제외하고 하루도 빠짐없이 똑같은 시간에 출근해 똑같은 시간에 퇴근했습니다 그것밖에 모르는 바보였습니다 바보 형님의 일터는 이웃 마을 벽돌공장이었습니다 공장이라지만 그냥 들판 한가운데에 수동으로 벽돌을 찍어내는 기계가 한 대 있을 뿐이었고 직원도 바보 형님을 포함해 단 둘뿐이었습니다 바보 형님이 하는 일은 기계로 벽돌을 찍어내 주면 그 벽돌을 들 한가운데에 가지런히 가져다 놓는 것이 전부였습니다 바보 형님은 부모님과 형제는 있었지만 친구는 없었습니다 낡은 자전거가 친구였습니다 자전거와 바보 형님은 늘 함께했습니다 자전거가 없는 형님은 상상할 수 없었습니다 자전거 짐받이에는 늘 열심히 일한 자만이 먹을 수 있다는 듯 점심 도시락이 단단히 묶여 있었습니다 내가 아는 바보 형님은 거기까지였습니다 나는 다른 동네로 이사를 하였고 바보 형님은 내 관심에서 멀어졌습니다 그 바보 형님이 자살을 했다는 소식을 전해 들은 것은 몇십 년이 훌쩍 지난 얼마 전이었습니다 자살했다는 사실에도 놀랐지만 자살 이유가 여자 때문이었다는 것에 더 놀랐습니다 그 소식을 듣는 순간 내 어린시절의 바보 형님은 더 이상 바보 형님이 아니었습니다 어린 시절의 기억 하나가 머릿속에서 급히 자리바꿈을 했습니다

그대로 멈춰라

내가 밥숟가락을 막 뜨려고 할 때
어머니가 돌아가신다면
내가 화장실 변기에 막 앉았을 때
어머니가 돌아가신다면
내가 친구와 막 술을 한잔하려는데
어머니가 돌아가신다면

밥숟가락을 입에 물고 얼음 속에 내가 갇혔다
화장실 변기에 앉은 채 얼음 속에 내가 갇혔다
술잔을 들고 얼음 속에 내가 갇혔다

내가 절정에 막 도달하려는 순간에
어머니가 돌아가신다면

법열의 표정으로 얼음 속에 내가 갇혔다

버려진 북쪽

버려진 북쪽을 위로하기 위해
나는 북면으로 갔다
북면의 북쪽
북쪽을 버리고 남쪽으로 강이 흐르고 있었다
강은 짐짓 동쪽으로 흐르는 척했다
북면에서 북쪽을 버린다는 미안함 때문인지
강은 흐르지 않는 것처럼 보였다
북면에는 여름에도 눈이 내렸다
눈은 천 년 전부터 내리는 눈이었다
북면의 북쪽
천 년을 하루같이 강물에 그림자를 드리운
산비탈 그늘에 잔설이 남아 있었다
한번도 녹은 적이 없는 만년설이었다
사람들은 모두 남쪽으로 돌아서 있었다
집들은 모두 양지바른 곳에 등을 기대고 있었다
북면의 북쪽
강변에서 나는 북망산을 향해 울었다
강 건너 북쪽
북쪽에 등을 돌리고
이쪽을 향해 우는 사람이 있었다

더러운 손

손으로 만지고 손으로 밥먹고 손으로 뒤닦고

아침 점심 저녁
쉼 없이 손을 입으로 가져가야 하는

사는 일이

거추장스럽고
지겨운데

너를 위해
엘리베이터 안에서 손을 씻는다
더러운 내 손을

입을 막고

그날

그날은 고양이처럼 왔다 고양이처럼 가버렸는데

정식 너는 내 앞자리에 앉았었지
영심 씨는 네 옆자리
홍석이는 내 옆자리에 앉았고
주방의 주인인 영희 씨는 중앙에 자리를 잡고
술과 음식을 가져다 날랐고

미경의 자리는 오래전부터 비어 있었으니

윗세대에서는 죽음의 쓰나미가 휩쓸고 가고 있었고

일기예보는 비가 그칠 거라고 했지만
비는 다시 내리기 시작했지

청소

이러다
망하지 싶을 때는
무작정
청소를 하자

이러다
나도 죽고 너도 죽고 다 죽고 말지 싶을 때는
창문이란 창문은 몽땅 열어젖히고
청소를 하자

이러다
지구가 더는 못 견디지 싶을 때는
옷을 훌훌 벗어 던지고
알몸으로
청소를 하자

공기 중의 먼지까지 낱낱이 보이는 날에는
술을 마시지 말고

전투적으로

파리, 잡다

파리 한 마리가 잡히지 않는다
그렇다고 이놈이 멀리 달아나지도 않는다
미리 말해두지만 나는 파리에게 아무런 개인적인 감정
이 없다
안 잡힐 뿐이다
잡고 싶을 뿐이다
파리란 녀석 참 묘하다
자기를 잡으려는 존재를 의식하는 순간이 있다
그때 그는 비겁하게 멀리 도망가지 않기로 작정한다
내가 자기를 잡으려고 안달 나 있을 때
그것을 즐길 줄 안다
내가 집중하면 할수록 파리는 즐겁다
간발의 차로 자신을 놓치고 마는 나를 안타까워한다
나와 맞장 뜨려는 파리는 아무래도 죽음을 모르는 것
같다
그는 도대체 목숨이 하나라는 걸 알고 있단 말인가
죽음 너머를 한번이라도 건너다보았다면
어떻게 죽음에 무모하게 배팅을 할 수 있단 말인가
나는 파리목숨을 기꺼이 거두기로 하고

파리채를 집어 든다
파리를 잡겠다고 총을 들 필요는 없다
파리채로 족하다
총알은 목표물까지 바람을 뚫고 나아가지만
파리채는 목표물까지 바람을 안고 나아간다
바닥과 파리채 사이에서 눌린 바람이 다시 일어나
파리채를 밀어낼 때 파리는 주검으로 바닥에 눕는다
파리는 죽음은 몰랐는지 모르지만 아픔은 안다
내가 생선살을 발라먹고 있을 때
귀신같이 냄새를 맡고 날아오는 것은
자신의 몸에서 일어나고 있는 뭔가를 달래기 위한 것
이며
그 뭔가가 충족되지 않을 때 아프다는 것을 알고 있기
때문이다
죽음 너머로 건너다본 적이 없어서 죽음은 모르고
따라서 죽음에 대한 두려움이 있을 리 없다
나는 파리채를 들고 저격병의 자세로 돌입한다
고통의 축제에 몸을 내맡기기로 결심한 파리는
내가 너그 아부지 뭐 하시노, 라며 한 학생의 뺨을 향해

손바닥 부채를 날리려고 했을 때

빰을 내어주고 있는 학생은 작용과 반작용을 생각해

빰을 약간 앞으로 내밀었듯이

앉은 자리에서 온몸에 힘을 모으고 긴장한다

다음 순간 나는 그토록 원했던 파리목숨을 얻는다

딱 아픔까지만 알고

아픔 이후를 몰랐던 파리는 하나뿐인 목숨을 잃었다

파리는 마지막 순간에

아픔의 궁극에는 한번도 경험하지 못한 죽음이 있다는

것을 깨달았을까

죽음을 몰라 죽음을 두려워하지 않았으므로

죽음이라고 할 것도 없는

파리목숨으로 나는 나의 하루치 살의를 간신히 달랜다

팔씨름 공화국

팔씨름 공화국이 있더군요 그 공화국에서는 팔씨름 순위로 서열이 정해졌습니다 팔씨름이 센 자가 우두머리가 되었습니다 방금 공화국에 들어온 자라 해도 팔씨름으로 우두머리를 이기면 새 우두머리가 될 수 있었습니다 낯선 자가 나타나면 으레 씨름판이 한바탕 벌어졌는데 장소는 술집이었습니다 내가 처음으로 그 공화국에 초대받아 갔을 때였습니다 술집이었지요 나는 아직 그 공화국의 속성을 모르고 있었습니다 그냥 술 한잔하는 자리인 줄로만 알았습니다 술이 한 배 돌고 모두 거나하게 취하자 누군가가 불쑥 나에게 도발을 해왔습니다 팔씨름을 하자는 것이었습니다 나에게 도발한 자는 공화국의 우두머리라고 했습니다 덩치는 작았지만 제법 단단해 보였습니다 덩치가 작은 우두머리가 이제 막 나타난 덩치가 큰 나에게 도발을 하자 기다렸다는 듯 공화국 사람들은 흥분하기 시작했습니다 나를 초대한 자의 말로는 우두머리는 덩치는 작지만 팔씨름이 엄청 세다고 했습니다 우두머리도 자신은 평생 팔씨름을 져본 적이 없다고 큰소리쳤습니다 나도 평소에 팔씨름이 세다는 말을 많이 들었기 때문에 흥미로운 생각으로 선뜻 도발에 응해 주었습니다 아니나 다를까 나는 공화국의 우두 머리를 가볍게 넘기고 말았습니다 덩치가 우두머리보다 훨씬 컸기 때문에 누가 봐도 이상할 게 없었습니다 그래 서 별로 자랑스럽지도 않았습니다 장난삼아 한 일이기 도 했고요 그런데 장난이 아니더군요 내가 공화국의 우 두머리를 이기는 순간 공화국 사람들이 나를 바라보는 눈빛이 달라졌습니다 나는 졸지에 공화국의 우두머리가 된 것이었습니다 그들은 팔씨름을 이겼다는 이유 하나 만으로 나를 달리 보기 시작했습니다 심지어 이기고도 내색하지 않는 나에게 존경 어린 눈빛을 보내는 자도 있 었습니다 대신 팔씨름을 지게 된 우두머리는 구석에서 말없이 혼자 술을 들이켜고 있었습니다 나는 잠시나마 내가 대단한 사람이나 된 것 같아 기분이 으쓱했지만 한 편으로는 다 늦은 나이에 힘자랑이 웬 말인가 싶어 씁쓸 했습니다 그래서 술판이 끝나기도 전에 도망치듯 팔씨 름 공화국을 빠져 나와버렸습니다

비 내리는, 노랑

나무는 모르는 체했다
나는 기타를 어루만지며
손톱이 다시 자랄 때까지 기다렸다

거위의 시간을
닭장 밖에서 들여다보는 배우가 있었지

노랑이 돌아왔다
다시는 노랑을 놓치지 않으리
마음을 고쳐먹고
노랑이 가버리기 전에
노랑을 줄게

새벽에 비가 내렸나 봐
노랑이 자전거 바퀴에 들러붙었지
젖은 노랑을 줄게
은행잎을 밟고 서서

연금에 대해 그에게 물었지

점심을 쏘면서

바짓단이 짧은 검찰청의 나무는
백 년이 지나도
모른 체하겠지
나비도 날아들지 않고
고양이도 지나가지 않으리

주유소로 노랑이 날아들고
아파트 경비가 빗자루를 찾아
나무에게로 왔지

개에게 길을 묻다

여인이여
개에게 주는 애정의 반만이라도
나에게 나눠줄 수 없겠소

나도 잘할 수 있다오
개처럼 아무 말 하지 않겠소
개처럼 주는 대로 먹겠소
개처럼 꼬리 흔들며 반갑게 맞을 수 있소

여인이여
그대와 산책하고 싶소
나에게 개목걸이를 해도 좋소

밤이면 그대 침대 밑에서
그대의 꿈길을 지키겠소

외로워서가 아니오
외로움은 나에게 사치
일찍이 외로움을 버린 개가 그랬듯이

여인이여
행복한 개처럼 그대 향기에 흠뻑 젖고 싶소

여기 개가 한 마리 있소
주인을 찾고 있는 개가 있소
버려진 개가
그대의 입양을 기다리는 개가
여인들의 마음을 몽땅 훔쳐버린 개를 부러워하는
사랑에 굶주린 사람이 한 마리 있소

이 시대 사내들의 적은 개;

여인의 품에 안겨
24시 밤의 편의점으로 들어가는 개

자신을 향해 짓는 개의 미소를 보았다고 생각하는
검은 비닐봉지를 든 사내가 있소

어느 날 나는 흑백다방을 다시 꺼내
볼 것이다

적산가옥 목련꽃 집 늙은 처녀가 죽었다
그녀가 치던 피아노가 중고시장에 나왔다

2부

취객

자동차들이 나를 피해갔나 보다

돌팔매로 쫓았던 고양이가
나를 피해갔나 보다
휘파람으로 놀렸던 개가
나를 피해갔나 보다

원수가 외나무다리에서 나를 피해갔나 보다
애인이었던 네가 나를 피해갔나 보다

길이 나를 데려다주었나 보다

천사가 내 귀에다 대고 천국의 비밀번호를 속삭여 주
었나 보다

휴대폰 분실은 상상하고 싶지 않다 1

새벽 운동을 나갔다 차량 통행이 드문
도로 한가운데 떨어져 있는 휴대폰을 주웠다
연락이 올 것에 대비해
욕실에 휴대폰을 갖고 들어가 샤워를 했다
출근 시간이 되어도 연락이 오지 않았다
이상하다 싶어 보았더니 묵음모드로 설정되어있었다
묵음모드를 해제하고
두 대의 휴대폰을 갖고 출근했다
사무실에 도착하자 주운 휴대폰이 울었다
여자였다
곧 찾아가겠다고 했다
그러라고 했다
기다렸다
금방 오지 않았다
남자에게서 전화가 왔다
접니다 라고 했다
나는 저는 휴대폰 주인이 아닙니다
휴대폰을 주운 사람입니다 라고 말했다
남자는 내 목소리에 당황한 듯했다

나는 휴대폰을 줍게 된 경위를 이야기했다
남자는 그렇냐고 하면서 급히 끊었다
두 번째 전화벨이 울리고 여자의 이름이 떴다
여자의 친구인 모양이었다
받아 놀라지 않도록 자초지종을 이야기해주려는데
늦었던지 저쪽에서 먼저 끊었다
잘된 일이었다
얼마 지나지 않아 또 남자가 전화를 했다
찾아간 줄 아는 모양이었다
아직 안 찾아가네요 했더니
남자는 잊었었다는 듯
고맙다고 했다
그래도 남편은 아닌 것 같았다
– 이 아침 한 남자가 한 여자를 애타게 찾고 있다
삼십 분 뒤 남자가 또 전화를 했다
안 받을 수 없어 받았더니
이번에는 죄송하다는 말을 하고 급히 끊었다
실망한 눈치였다
이제 내가 여자를 기다리기 시작했다

내 휴대폰은 한번도 울지 않았는데
여자의 휴대폰은 벌써 네 번이나 울었다
이 이상한 상황에서 빨리 벗어나고 싶은데
여자는 왜 번개같이 달려오지 않는단 말인가

회를 먹던 가족

추운 겨울이었지만 화창한 일요일이었다 성경책을 든 사람들이 폭풍의 언덕 위에 서 있는 교회를 향해 걸어가고 있었다 섬 북쪽 벼랑 끝 예식장에서는 예식이 거행되고 있었다 우리 가족은 방파제 옆 횟집으로 회 먹으러 갔다 회는 추운 겨울이 제맛이지 펄떡펄떡 뛰는 횟감을 고르고 우리는 회가 준비될 때까지 먼저 나온 당근과 오이를 씹어먹었다 아이들은 과자를 손에 쥐여주고 선창가에서 뛰어놀게 했다 회가 얌전하게 접시에 받쳐져 나오고 우리는 일제히 덤벼들어 회를 먹었다 회에는 소주가 제격이지 매제가 초장 묻은 입술로 말했다 술을 마시지 못하는 여자들은 사이다를 주문했다 매운탕이 나오고 밥이 나올 즈음 교회에 갔던 형님과 형수님이 뒤늦게 합류했다 형님과 형수님은 성경책을 내려놓고 그들 몫으로 덜어놓은 회부터 허겁지겁 먹었다 저녁 무렵 폭풍의 언덕 위 교회를 향해 아내가 혼자 길을 떠났다 벼랑끝 예식장 위로는 아버지가 비닐봉지처럼 날아올랐다 방파제 끝에서 놀던 아이들은 까마귀들에게 새우깡을 나누어주고 있었다

창

나는 누군가를 기다렸나 봅니다

비가 왔습니다
나는 비를 기다렸나 봅니다
비가 왔지만 기다림은 끝난 것이 아니었습니다
나는 누군가를 기다렸습니다

나는 비를 기다렸습니다

비는 왔지만
나는 누군가를 기다렸나 봅니다

나의 눈길은 늘 창에 가 있습니다

오늘 비가 올 것 같습니다

그 표정

시비가 붙었다
깜빡이를 켜지도 않고 갑자기 끼어드는 바람에
사고가 날 뻔했다

갓길에 차를 세웠다

최소한의 예의는 지켜야 하는 것 아닌가
무슨 상관인가 가르치려 들지 말라

옆좌석에 앉아 있던 아내로 보이는 여자도 차에서 내
렸다
　이런 경우 막무가내로 남편 편을 드는 여자를 여럿 보
았다
　그런데 아내는 차에서 내려서도 끼어들지 않고 주저하
고 있었다

　저 표정, 한 발짝 떨어져 난감해하는 저 표정
　싸움을 말리는 척하면서도 상대방을 무시하는 그런 것
이 아닌,

상대방을 말없이 째려보는 그런 것도 아닌,
이 사태를 어쩔 줄 몰라 하는 저 표정

나는 외롭지 않았다

나는 아내를 위해 시가 아닌 비를 자처하기로 했다
남편이 자기편을 들지 않았다고 나중에 추궁할 수도
있지 않겠는가

미안하다
가던 길 가시라
당신이 모르는 아내의 그 표정만 두고 가시라

외딴집

그해 겨울 어느 날
나는 밤늦게 귀가하고 말았지

집안 가득 불을 밝히고
내가 돌아오기만을 기다리다
너는 지쳐 잠들어 있었지

그 외딴집에
불이 꺼진 지 오래이지

그 봄의 목련

상가 옆으로 긴 줄이 이어져 있었다
죽은 자의 조문 행렬은 보이지 않았다

약국은 그늘 안쪽에 숨어있었다

골목에서 몰래 키스하고
입을 지우고 거리로 나온 연인들

악수를 배운 자들은 주먹을 내밀었다

비말의 언어가 허공에서 부서지고
나무 아래로 흰 마스크가 졌다

고양이가 나를 나쁜 놈으로 내몬다

고양이 한 마리
자동차 보닛 위에 배를 깔고 앉아 있다
나는 그가 거기 앉아 있는 이유를 알 것 같았다
한때 고양이를 골려주는 데 재미를 붙인 적이 있었다
이제는 아니다
나는 본래 그렇게 나쁜 사람이 아니다
지나가는 사람을 지나치게 의식하는 녀석과
장난을 치고 싶었을 뿐이다
녀석은 내가 다가가는데도 꼼짝하지 않았다
내 발걸음은 더 조심스러워졌다
그의 휴식을 방해하고 싶지 않아
모른 체하고 지나가려고 했다
고양이는 이 세상에서 순간동작이 가장 빠른 동물이
아닐까
미동도 않던 녀석이 갑자기 몸을 튕겨
보닛에서 일어서며 휙 돌아다보았다
순간 나는 머리카락이 쭈뼛 섰다
오 슬픈 짐승이여
저 온몸의 반응이라니

어떤 위험이 너로 하여금 그토록 빠른 동작을 가능하
게 했더냐
나는 슬퍼졌다
슬퍼서 화가 났다
나는 다시 고양이를 골려주고 싶었다
상대가 지나치게 놀라며 호들갑을 떨면
놀려주고 싶은 마음이 슬쩍 고개를 들지 않던가
고양이여 너는 왜 또 그렇게
슬픈 눈으로 나를 쳐다본단 말인가

취객들

취객들은 항상 집을 향해 걷는다*

취객들의 집은 해 뜨는 쪽에 있다
해지는 쪽을 향해 간 취객들은
해 뜨는 쪽으로 돌아온다

열고 들어간 적이 없는 문이 닫혀 있다
누운 적이 없는 침대에 내가 누워있다

어젯밤
부재중인 너에게
나에게 어떤 기쁨을 줄 수 있느냐고
물었던 것을 기억한다

취객들은 집을 향해 걷고
집은 취객들에게서 멀어진다

* 김금희의 소설 「세실리아」에서 빌려옴

안에 별 것 없다

개가 나타났다
내가 안 기르는 개가 나타났다
내가 기르지 않는 개는 밥을 줄 수 없다
개는 밥에는 관심이 없었다
안에 관심이 있었다
안에 코를 갖다 대고 연신 킁킁댔다
내가 안 기르는 개는 이상한 개다
밥에 관심이 없고 안에 관심이 있는
내가 안 기르는 개가 궁금하다
안에 뭐가 있단 말인가
분명 말하건대
안에 아무것도 없다
내가 궁금한 건 개가 궁금해하는 안인데
개는 내가 모르는 개다
내가 안 기르는 개는 밥을 줄 수 없다
개가 궁금해하는 건 안이지 밥이 아니다
분명 말하건대
내가 아는 안에는 별 같은 건 없다

독거

어젯밤 나는 자다가 죽었다
창빛이 밝아오고
엘리베이터 승강이 잦은 걸 보니
또 하루가 시작된 모양이다
이제 나는 침대에서 일어날 수 없다
아직 아무도 내 죽음을 모른다
아파트 꼭대기 층에 홀로 누워있는 내 주검이
언제 발견될지 알 수 없다
잠시 만났던 여자 외에
여길 찾아온 사람은 여태 아무도 없었다
일 년에 한두 번 통장이 호구조사 차 오긴 했었다
그렇지, 또 있다 가스점검원……
그때까진 너무 멀다
내 주검이 썩은 냄새를 풍기기 전에 발견되었으면 좋
겠다
어쩌면 내일 당장 발견될 수 있을지도 모른다
오늘 약속이 있는데 내가 나타나지 않고
연락도 없으면 내일쯤 나를 찾을 수도 있겠다
그러기를 간절히 바란다

처음으로 나를 위해 기도해 본다

처음으로 하는 기도이니만큼 신도 외면하지 않을 것이

라 믿는다

마침 나는 어제 낮에

이러려고 그랬는지

목욕을 하고 팬티도 깨끗한 것으로 갈아입었다

그러니까 나는 깨끗하게 죽은 셈이다

다행이다

돌이켜보면 살아 있을 때 늘 전전긍긍했었다

팬티가 늘 깨끗할 수는 없지 않은가

죽음이 의외로 평화로웠고

빨리 발견되기만 한다면

내 죽음은 호상이다

내 삶에 만족한다

큰냄비

큰냄비를 하나 주문했습니다
된장국을 많이 끓일 생각입니다
큰냄비가 왔으니 작은냄비는 버려야겠습니다
작은냄비를 버리자니 살짝 아깝기도 하네요
그냥 가지고 있을까요
또 쓰일 날이 있을까요
작은냄비로 다시 국을 끓여 먹을 날이 있을까요
냄비를 새로 장만하니 기분이 좋습니다
살림이 하나 느는 느낌입니다
큰냄비에 된장국을 끓여 먹을 생각을 하니
벌써 즐겁습니다
냄비가 작아 큰냄비를 장만했지만
생각보다 큰 것 같습니다
작은냄비를 안 버려야겠습니다
내가 어느 날 아주 작아져서
큰냄비가 필요 없을 때
그때 쓰이겠지요
내가 어느 날 아주 작아져서
작은냄비가 필요할 때

그때 다시 쓰겠습니다
그때 오래간만에 작은냄비에 된장국을 끓여
작은 공기에 따뜻한 밥을 퍼서
작은 숟가락과 작은 젓가락으로
나는 밥을 먹겠지요
그때 아주 작은 나는

굴다리

그때 나는 굴다리로 다가가고 있었다
굴다리 왼쪽
여자가 서서 붕어빵을 굽고 있었다
굴다리 오른쪽
창 너머로 도마 위에서 칼을 쥔 손이 있었다
화요일
월요일을 무사히 건너온 자들이
술로 목을 축이고 있었다
새해 아침에
나는 월요일과 목요일 이틀을 금식하기로 했었다
오늘은 목요일
굴다리 왼쪽
다섯 마리의 붕어가 철길로 뛰어들었다
굴다리 오른쪽
창 너머 사내가 젓가락을 입으로 가져갔다
굴다리를 지나오기 전에는
종일 굶어도 배가 고프지 않았다
굴다리를 지나 집으로 돌아온 나는
요리를 시작했다

냉동 고등어를 전자레인지로 해동한 뒤
프라이팬에 구웠다
오늘은 금식하는 날
굴다리가 문제야
철길로 뛰어든 다섯 마리의 붕어는 무슨 죄야
칼을 쥔 여자의 손과
젓가락을 입으로 가져가던 사내
붕어빵을 굽던 여자가 측은했던 게지

빠진 나사

나사가 하나 방바닥으로 툭 떨어졌다
어디서 나온 놈일까
빠진 나사를 주워들다 말고
엎드려 장롱 아래를 들여다보았다
동전이 몇 닢 떨어져 있다
동전은 언제부터 저기 있었나
내가 모르는 새 뭔가 은밀한 일들이 벌어지고 있었던
것이다
갑자기 불안하다
아직 일상은 별문제 없이 돌아가고 있다
나사 하나를 잃은 그는 자기 몸에서
나사가 하나 도망갔다는 걸 알고나 있을까
알게 된다면 일상은 어떻게 변할까
불안했던 이유를 알겠다
빠진 나사 때문이다
빠진 나사들이 공동체를 이루고 있다
길바닥을 유심히 살펴봐라
집을 뛰쳐나온 개들이 길거리를 몰려다니듯
빠진 나사들이 여기저기 모여 있다

드디어 저녁 뉴스
자동차가 한 대 길 위에서 찢어졌다
빠진 나사 때문은 아닐까
제 자리를 찾아주려다 포기하고 던져버린
빠진 나사는 지금쯤 어디서 웃고 있을까

기타의 놀라운 힘

중학교 일학년 기술시간이었다
선생님이 우리를 향해
누구든 앞으로 나와 목재로 만든 것들을
칠판에 적어보라고 했다
다섯 번째였던가
그가 앞으로 나가 칠판에
기타라고 적었다

그는 키가 작고 머리카락이 조금 노랬으며
머리숱이 적었는데
머리가 좋고
친구들을 즐겁게 해주는
내가 가지지 못한 재주가 있었다

기타는 그 밖의 모든 것이었으므로
그 후 아무도 앞으로 나가지 않았다

40여 년 뒤 나는 시낭송회에 갔다
기타 한 대 달랑 들고 사람들을 즐겁게 할 수는 없을까

생각하고 있는데

그가 기타를 들고 무대 앞으로 걸어 나왔다

그 밖의 우리들은 환호했고
그가 기타를 치며 노래하자 시낭송은 시시해졌다

우리 나이의 기술선생님이 초대석에 앉아 박수를 치고
있었다

아버지

길을 가다 어릴 적 친구를 만났다
친구가 대뜸 한다는 말이
내가 아버지 판박이란다
그 뒤 그 친구와 모임을 같이 하게 되어
정기적으로 만나게 되었는데
만날 때마다 신기하다는 듯 그 소리를 한다
아버지를 닮았다는 말을 많이 듣고 자랐지만
친구는 내 어릴 때 얼굴은
기억하지 못하는 모양이다
모임에서 돌아온 날이면
나는 돌아가신 아버지의 얼굴을 생각한다
내 어릴 때의 아버지 얼굴을 생각한다
도대체 친구는 누굴 본 것일까
친구가 정확히 보았는지도 모른다
근래 나는 거울을 보다
아버지가 불쑥불쑥 나타나 놀라곤 했다
친구의 머릿속에는 지금 내 나이의
아버지가 각인되어 있는 것이다
그러니까

지금 나에게는 친구가 기억하는 당시의
아버지가 들어와 있는 것이다
아버지에게서 달아나고자 했던 나는
아버지에게 갇히고 말았다
젠장!

달력 그림

처녀와 처녀의 어머니와
목줄을 한 개가
자작나무 숲길을 걸어가고 있었다
한 줄기 햇살이
그들 앞길로 떨어져 내리고 있었다
뒤따라 걷던 나는
그들과 나란한 순간을 지나왔다
집으로 돌아와
그들과 나란했던 순간을
벽에 걸어두고
계절이 다 가도록 올려다보았다

밤의 눈동자

그들이 술에 취했다
내가 십팔 층 높이에서 자고 있는 시간
그들은 지상의 벚나무 아래를 지나가고 있었다
나는 고함 소리를 듣고 잠에서 깼다
나는 그들의 말을 알아듣지 못했지만
내 옆에서 아직 잠들지 않았던 그가 일러주었다
그들 일행 중 한 명이
앞서 걷던 다른 한 명을 향해 고함을 질렀다고
외국어였다고
나는 동남아시아의 사내들의 눈동자를 생각했다
그들의 눈은 슬퍼서 무서웠다
중국인의 찢어진 눈이 무서울 거라고 생각했는데
동남아시아 사내들의 큰 눈이 더 무서웠다
나는 눈을 감은 채
그들이 지나쳐 간
잎 진 벚나무들의 일렬횡대를 생각했다
벚나무 가지에 걸린
그들 고향 밤하늘의 별들을 생각했다

택배기사가 묻길래

택배기사가 택배물을 건네주면서
사장님 시인이십니꺼
묻길래
얼른 대답을 못 하다
왜요
되물었더니
거기도 대답이 궁했던지
그냥 그럴 것 같아서요
하길래
맞습니다
했다
택배기사가 가고
나는 왜 바로 대답을 못했을까
생각해보니
사장님과 시인이 한 문장에서 자꾸 미끄러지는 것이
었다
자꾸 미끄러지는
사장님과 시인을 한 문장에 넣은 사람은
택배기사가 처음일 것 같아

다음에 오면
기사님도 시인이십니다
라고 말해줄 생각인데
자꾸 미끄러지는
택배기사님과 시인을 한 문장에 넣은 사람은
내가 될 것 같아
한 시간 동안 기뻐하다

휴대폰 분실은 상상하고 싶지 않다 2

다섯 번째의 전화벨이 울었다
급한 일이 있을 수 있다 싶어 받았더니
형수, 라고 했다
제2의 남자였다
나는 또 자초지종을 이야기했다
내 이야기를 듣고 있던 제2의 남자는
자신의 신분을 밝혀야겠다고 생각했던지
자신은 여자의 남편과 같이 일하는 사람이라면서 끊
었다
얼마 지나지 않아 제3의 남자에게서 전화가 왔다
여자의 남편이라고 했다
제1의 남자와 목소리가 달랐다
전화기를 어디서 주웠냐고 물었다
나는 다시 자초지종을 이야기했다
내 이야기를 듣고 있던 남편은
한 시간 내에 찾으러 오겠다면서 전화를 끊으려 했다
나는 급히 아내 되시는 분이 찾으러 온다고 했다고 말
해주었다
남편은 알았다면서 전화를 끊었다

한 시간도 안 되어 여섯 번째의 전화벨이 울었다
남편이었다
약속장소에 도착해 있다는 것이었다
나는 여자의 휴대폰을 들고 약속장소로 나갔다
남편은 나를 바로 알아보고 환하게 웃었다
휴대폰을 건네자 남편은 고맙다며 흰봉투를 내밀었다
나는 손사래를 치다 못 이기는 척 받았다
봉투에는 이만 원이 들어있었다
나는 아직 나타나지 않고 있는 여자가 궁금했다
여자는 남편이 휴대폰을 찾아간 사실을 알고 있을까
여자는 과연 늦게라도 나타날까
늦게 나타나 나에게 무서운 얼굴로
덤벼들지나 않을까
제1일의 남자는 분명 다시 전화할 테고
그때 남편이 받게 되면 어쩌나
걱정이되었다

3부

저녁강

방금 잡은 짐승의 고기 한 근을 삯으로 받아

아버지

강을 건너신다

새끼줄로 묶은
고기의 선혈이 강으로 뛰어든다

그가 궁금하다

아침에 집을 나갔던 그는
지금쯤 돌아와 있을까
돌아오기 위해 나갈 수밖에 없는 그지만
돌아오고 싶지 않을 때도 있을까
돌아오는 길에 잠시 옆길로 샜다가
제자리로 돌아왔을 때
그의 걸음걸이가 몹시 흐트러져 있다 해도
돌아오기 위해
죽을힘을 다했다는 사실을 증명할 수 있을까
아침은 결국은 돌아오기 위해 나가는
그를 위해 돌아오고
저물기 전까지
입 앙다물고 저녁을 말하지 않고 버텨야 하는
그에게 저녁은 어떻게 돌아오는가
저녁을 위해 돌아오는 아침을 맞을 수만 있다면
천 개의 태양도 두렵지 않다며
돌아오기 위해 아침에 집을 나갔던
그는 지금쯤 돌아와 있을까

가는 길

사람들인 듯
긴 그림자들이 걸어가고 있다
저쪽으로 가는 사람만 있고
저쪽에서 오는 사람은 아무도 없다
걸음걸이는 한없이 무겁고 느리다
밤인지 낮인지 알 수 없다
밤과 낮의 중간일 수도 있다
긴 그림자는 긴 외투일 수도 있다
아무도 뒤돌아보지 않는다
묵묵히 앞으로만 걸어간다
그들의 의지와 상관없이 그들의 다리가
그들을 옮겨놓고 있는 것 같다
한 줄기 바람이 일어나 그들을 앞질러 갈 수도 있다
비가 내려 진창길을 만들 수도 있다
자세가 모두 일어서려다 만 듯 엉거주춤하다
팔이 바닥에 닿을 듯 길다
약간 오르막길인 것 같다
약간 내리막길일 수도 있다
길은 방향이 없다

허공에 사람들이 점점이 흩어져 있다
얼굴은 없고 뒤통수뿐이다
길은 없고 사람뿐이다
발아래로 진창이 질척거린다
눈이 내리고 있는지 모른다
눈이 길을 지웠을 수도 있다
눈 위에 검은 점들이 흩어져있다
검은 점들 뒤로 발자국들이 따라가고 있다
길은 가는 길뿐이다

달의 눈물

그가 울고 있다.

내가 그의 눈동자 속에서 울고 있다.

까마귀가 검은 나무에 앉아 있다.

마을의 미인

어느 마을이든 바보 한 명쯤은 있었다
마찬가지로 아무리 작은 마을이라 해도
미인은 있다

장미가 한창이라기에
장미 따라 마을길을 돌아가는데
처음 보는 미인이 마을길을 돌아와 나를 지나갔다

미인은 장미 한 송이 건넬 시간도 허락하지 않고
섬광처럼 나타났다 사라졌다

마을 어딘가에 미인이 살고 있다

나는 미인의 마을에
미인과 함께 살고 있다

말레나Malena

한 여인이 런웨이를 걷듯 걸어오고 있다
코밑에 솜털이 자라기 시작한 소년 여섯
길가에 나란히 앉아 여인이 걸어오는 쪽을
뚫어지게 쳐다보고 있다
길바닥에 내팽개쳐진 자전거 여섯 대
런웨이를 걷는 여인은 곁눈을 주어서는 안 되는 법
여인의 힐굽이 까맣게 먼지 이는 소년들의 가슴에 가
차 없이 꽂혔다
저만치 걸어오던 여인은
어느새 소년들을 지나쳐 가고
넋 놓고 바라보던 소년들은
서둘러 자전거를 일으켜 세워 타고
여인을 멀찍이 앞질러 가서
목 좋은 곳에서 자전거를 내던지고 다시 자리를 잡는다
젊고 아름다운 여인이 걸어오고 있다
누구에게도 곁눈을 주어서는 안 된다는 듯
앞만 보며 걸어오고 있다
런웨이를 내려온 여인
한 소년을 향해 손짓한다

송사리 떼처럼 몰려다니던 여섯 명의 소년
여인이 손짓으로 불렀던
소년은 코밑에 어둠이 자리 잡고 있었다

안민동
— 후배에게

네가
산 너머 바다를 넘어다보려고
발끝으로 발돋움하고 서 있는 내 마을로
술을 사 들고 온다는구나

바다가 있는 네 마을에서
산 너머 내 마을로 이어진 기찻길로
기차가 달린 지 오래

별을 닮은 눈을 가진
외국인노동자들이
한낮에 잠을 뒤척이는

여기

굴다리 옆 흐린 술집은 어제의 낭만이 없지

86

샘

화장지가 다 떨어졌네
샘이 있었으면 좋겠다
치약이 다 떨어졌네
샘이 있었으면 좋겠다
자동차 기름이 다 되어 가네
샘이 있었으면 좋겠다
입을 만한 옷이 없네
샘이 있었으면 좋겠다
신을 만한 신발이 없네
샘이 있었으면 좋겠다
사랑의 유통기한이 다 되어 가네
샘이 있었으면 좋겠다

토마토

토마토가 한 박스 있다
나는 토마토를 별로 좋아하지 않는다
그런데 토마토는 먹어야 한단다
토마토는 보약이란다
나는 토마토를 먹기 시작했다
토마토를 먹으며 토마토 하고 말해 보았다
맛이 없어 거꾸로 토마토라고 말해 보았다
토마토는 역시 토마토였다
토메이토라고 하면 달라지려나
토마토는 할 수 있는 요리가 많다고 하는데
토마토를 요리하지 않고 맛없다고 불평하는 것은 죄를
짓는 것은 아닐까
점심때 한 소녀를 보았다
고기를 구워 숟가락에 얹어주어도 먹지 않고 앉아 있
었다
신부님이 먹으라고 해도 얼굴만 붉히며 먹지 않았다
집에 있는 토마토가 생각났다
소녀는 엄마 아빠가 돌아가시고
언니와 둘이 살고 있다고 했다

소녀는 빨갛게 앉아 있다 돌아갔다
식사를 마치자 귤이 나왔다
나는 남은 귤을 호주머니에 넣고 집으로 돌아왔다
일요일 오후였다
귤을 토마토 옆에 놓고 낮잠을 청했다
꿈을 꾸었다
나는 상한 토마토를 박스에서 골라내 먹어치우고 있
었다
토마토가 귤처럼 새콤달콤했다
불쌍한 소녀는 까맣게 잊고
꿈속에서 나는 몸이 무럭무럭 좋아지고 있었다

성당에 나가다

성당에 나간다는 말을 하고 싶은 사내가 있었다
그는 성당에 나갔다가도
번번이 성당 입구에서 발길을 돌리고는 했다
성당에 나간다는 말을 하기가 이렇게 어렵나
어느 날 성당의 문턱을 쓰윽 넘은 사내는
그 자리에서 손나팔을 하고
사방을 향해
저 이제 성당에 나가요 하고 외쳤다
성당 건물벽에서
밤낮으로 성당 입구를 내려다보고 계신 예수님께서
빙그레 웃으셨다
사내는 예수님을 올려다보며
처음으로 성호를 그었다
성당 한쪽에 모신 성모마리아상을 향해서도
두 손 모아 고개 숙여 절했다
성당에 나간다는 말이 몸을 얻는 순간이었다
저 성당에 나가요 하고 말하고 싶었던
사내가 있었다
가슴에 세로에서 가로로
깊게 십자가를 그어 넣고 싶은 사내가 있었다

비

비가 오고 있었다

막 잠에서 깨어난 나는 무심코
비가 온다고 말했다

무슨 비밀을 발설한 것처럼
그러므로 이제 비밀은 없다는 듯이
비가 온다고 나는 다시 말했다

비가 온다고 말을 알아듣기나 한 것처럼
비가 계속 왔다

비가 온다는 말을
어린아이에게 들려주는 자장가처럼
나에게 들려주었지만
잠은 달아나서 돌아오지 않았다

경비아저씨

새로 온 경비아저씨에게서 보스의 향기가 난다
보스의 향기는 나이가 들어도
숨기려 해도 숨길 수 없는 모양이다
나는 먼저 다가가 인사하는 스타일이라
경비아저씨에게 먼저 다가가 인사했다
그는 의외라는 듯 쳐다보았다
그에게 보스의 향기가 난다고 말해주고 싶었지만
그가 부끄러워할까 봐 그만두었다
과거를 잊고 사는 사람을 부끄럽게 할 필요는 없다
그렇지만 새로 온 경비아저씨에게서는 어쩔 수 없이
보스의 향기가 난다
나만 느끼는 건지 모르지만
그는 한때 보스였음이 분명하다
보스는 늙으면 부끄러움이 많아지나 보다
크지도 작지도 않은 키에 몸은 단단하고
머리는 나처럼 벗겨졌는데
먼저 인사하면 조금 수줍어하는 듯했다
지나가다 그가 경비실에 앉아 뭔가에 열중하고 있는
것을 보았는데

그는 보스였음이 분명했다
경비아저씨는 길고양이를 좋아했다
길고양이에게 먹이를 챙겨주며
털을 쓰다듬어 줄 때
그는 보스였음이 분명했다
나는 하루에 두 번 경비실을 지나간다
경비아저씨와 눈이 마주쳐 인사하는 때도 있고
그렇지 않은 때도 있다
어쩌다 그와 눈이 마주쳐 인사하고 나면
경비로 취직해
과거를 말하지 않는 그의
과거를 묻지 않는 부하가 되고 싶어진다

골목길을 빠져나와

골목길을 들어섰을 때 저쪽 끝에서 그림자가 나타났다 검은 교복이었다 검은 상의를 덧입고 상의에 달린 후드를 깊이 눌러쓰고 있었다 골목길 중간쯤에서 또 하나의 그림자가 불쑥 골목길로 들어왔다 검은 교복이었다 둘이 가는 방향은 반대였다

한길로 나오자 여학생 둘이 나란히 걸어가고 있었다 둘은 먹을 것을 입에 넣고 열심히 조잘댔다 날씨가 썰렁한데도 교복의 치마가 짧았다

길 건너편에서 한 여학생이 공영자전거를 타고 달려가고 있었다 이쪽 두 여학생과 반대방향이었다 여학생과 같은 방향으로 공무원들과 사무직 직장인들이 인근 건물을 향해 걸어가고 있었다

신호가 바뀌었는지 건널목에 섰던 사람들이 일제히 건너편을 향해 출발했다 저쪽에 섰던 사람들도 이쪽을 향해 발을 내디뎠다 버스와 자동차가 차선 앞에 얌전히 서서 기다리고 있었다

아까 공영자전거를 타고 가던 여학생과 같은 방향으로
나는 자전거를 달렸다

귀신처럼

새벽 두 시
내가 귀신처럼 침대
아니 관에서 쓰윽 일어나
화장실을 간다

불도 켜지 않고

귀신도 화장실을 가나
화장실을 가는 귀신이 우스워
어둠 속에서 씨익 웃는다
귀신도 웃나

화장실을 가다 말고 무슨 생각이 난 것일까
거실을 휘이 들러본다
노크 소리라도 들린단 말인가
현관문을 응시한다

외로운가
귀신도 외로움을 타나

무서운가
귀신도 무서움을 타나

무서움은 외로움을 먹고 자라는 법;

화장실에 다녀와
귀신은 다시 침대로
아니 관 속으로 쓰윽 들어가 눕는다

아무 일도 없었다는 듯 귀신이 잠을 자고 있다
귀신도 잠을 자나

내가 어둠에 묻혀 잠을 자고 있다

이 밤 나는 귀신인가
사람인가

첫눈

눈이 내립니다
이게 웬 축복입니까
나는 걷고 있습니다
눈이 내려 걷는 게 아닙니다
걷고 있는데 눈이 내립니다
멀리멀리 걷겠습니다
우연히 문밖을 나섰다 아예 집을 나가버린
호기심 많은 강아지처럼
집으로 돌아가지 않겠습니다
걷다 눈이 그치면
그곳서 주저앉아 살겠습니다
그곳서 첫눈이 내리면
그곳을 떠나 다시 걷겠습니다
집으로부터 더 멀어지겠습니다
아무것도 가진 것 없이 나왔습니다
그렇지만 이 축복만으로 충분합니다
걷습니다 또 걷습니다
앞이 보이지 않습니다
그래도 이게 웬 축복입니까

나중 아주 나중에
세상을 한 바퀴 돌아
오늘처럼 첫눈이 내리는 날
집으로 돌아오겠습니다
돌아와 눈사람이었던 당신처럼
눈사람으로 살다 가겠습니다

사이

내가 보기에 그는 좋은 사람인데
옆에서 누가 아니라고 했다
나는 그가 어떻게 나쁜지 확인하기 위해 기다렸다
기다렸지만 나쁜 그는 볼 수 없었다

그와 그를 나쁘다고 했던 또 다른 그 사이에 내가 있다
우리는 좋은 사람일까 나쁜 사람일까

내가 그렇듯이 아무도 스스로 나쁘지는 않고
그와 또 다른 그 사이가 나쁠 뿐
나와 그의 사이는 나쁘지 않고
나와 또 다른 그와의 사이도 나쁘지 않아

나와 그 그리고 또 다른 그 사이에 다른 사이가 있을 뿐

그가 나쁘다고 말한 사람이 저기 간다
그와 나 사이에는 좋은 사이가 있다

나쁜 그를 기다리고 있다

나쁜 그가 나타났을 때
그와 나 사이가 어떻게 변할지 알 수 없다

술 담그는 여인

술을 담가놓고 사내를 기다리는 여인이 있었지
기다려도 사내는 오지 않고 술은 익어갔지
모과주머루주인동주오가피주대추주도라지주
더덕주국화주민들레주개봉숭아주...
님이여 오셔서 좋아하는 술 마음껏 드세요
어느 날 건장한 사내가 찾아왔지
술을 좋아한다면서
여인은 그동안 담가뒀던 술을 내놓으며
사내의 소매를 놓지 않았지
사내는 밤새도록 여인의 집에서 술을 마셨지
다음 날도 그다음 날도
술에 취한 사내는 여인을 안으려 했지
여인은 기다렸다는 듯 사내 품에 안겼지
오랫동안 기다렸던 사내를 몸속에 받아들였지
잊고 있던 게 있었지
술이 바닥나고 있었지
사내는 술에서 깨자
또 술을 찾았지
술은 바닥나고 없었지

사내는 술을 찾아 여인의 집을 나갔지
돌아오지 않았지
여인은 기다리지 않았지
술을 담그기 시작했지
여인의 집에서 다시 술이 익어가기 시작했지
어떤 사내도 오지 않았지
여인은 술 담그기를 멈추지 않았지
아무도 기다리지 않았지
여인의 몸에서 술향기가 깊어갔지

이불

애인이 떠나자
나는 다른 애인을 찾아 나섰네
날이 시베리아 벌판처럼 추웠네
새 애인은 찾으면 바로 이불 속으로 들어가고 싶었네
집에 있는 이불은 떠난 애인이 해 온 이불
이불을 바꾸어야 하나
어제의 이불에 오늘의 애인과 들어가야 하나
날이 추워 한데서 잘 수는 없는 일이네
사랑은 이불이 필요해
애인이 떠날 때는
해 온 이불을 도로 가져가라 해야겠네
애인이 올 때는
새 이불을 해오라 해야겠네
날이 시베리아처럼 추울 때는
애인과 알몸으로 이불 속으로 들어가 사랑을 나누고
싶네
이불을 머리끝까지 덮고
이불 속에서 여름을 살고 싶네
날이 시베리아처럼 추울 때는

애인이 이불이네
애인이 없어 얼어 죽겠네
애인이 가면
이불이 가고
애인이 오면
이불이 오네

쓰레기섬

저 쓰레기는 누가 버린 쓰레기냐

오 나는 오늘도 걷는다마는
밥 먹고 부른 배를 안고 걷는다마는
저 쓰레기는

백 년을 썩지 않을
내가 죽어도 썩지 않고 있을
산책길의 저 쓰레기는

쓰레기의 연대를 꿈꾸고

개울물이 슬쩍 다가와 손 내밀며 유혹하고
빗물이 후두둑 등 두드리며 부추기고

저 산에서 내려온 쓰레기
저 계곡에서 내려온 쓰레기
개울 물 따라 흐르고
강물이 데려가고

오 내가 물고 빨아 빈껍데기만 남은 쓰레기들
내가 버린 나의 자식들
네가 물고 빨아 빈껍데기만 남은 쓰레기들
네가 버린 너의 자식들
흘러간다
눈길 한번 주지 않고
손 한번 흔들지 않고

바다는 강의 어머니;
오 위대하신 어머니
버려진 자식들을 품으로 거둔다

두고 보아라
너희가 버린 자식들이 너희를 심판할 날이 올 터이니
그동안 나는 그들과 떠놀리라
내 망망대해 위에서 그들이 때를 기다릴 수 있게 하리라

내 물때로 그들 위에

독을 품은 생명을 키우리라
너희들의 숲으로 날아가다
그들 위에 앉아 잠시 날개를 쉬는 새가
그 생명을 먹고 죽게 하리라

나의 자식들
물고기 거북 바닷새 고래
너희가 버린 자식들을 먹고 병들어 죽은
내 불쌍한 자식들의 복수를 하리라

내 자식을 병들어 죽게 한 그들은 너희가 버린 자식들
이었으니
너희는 병든 내 자식들을 먹고 죽을 터이니

그날이 올 때까지 우리는
정처 없이 함께 떠돌리라

그 여자의 그림

우리 둘이 강가 공원에서 빙수를 퍼먹고 있을 때
건너편 의자에 앉아 아이스크림을 핥으며
우리 다섯을 훔쳐보던 여자가 있었지

그때만 해도 우리 셋은 아무 문제가 없었는데
어제 갑자기 우리 둘이 아무런 관계가 없는 사이가 되
어버렸네

너와 나
너의 개 한 마리와
나의 자전거 두 대

아이스크림을 핥던 여자가 눈에 담아간 우리 다섯의
그림

첫 번째 날이 저물고
밤이 오자
나는 그 여자의 그림을 꺼내 보기 시작했네

모르는 그를 지나왔다

그는 이쪽을 향해 서서 담배를 피우고 있었다
법원청사 안 나무 그늘 아래였다
나무 바로 앞은 법원 담장이
법원과 법원 밖 보행로를 구분하고 있었다
법원 담장 앞으로는 담장을 따라 관상수가
보행로와 차도 사이는 은행나무 가로수가 서 있었다
차도를 지나가는 자동차들
등에 책가방을 멘 여고생과 초등학생이
이쪽의 신호등을 지켜보고 건널목에 서 있었다
건널목 이쪽에서 자전거를 타고 가던 나는
나무 그늘 아래에서
담배를 피우고 있는 그의 그림자를 보았다
숨은그림찾기에서
가장 찾기 어려운 그림에 우연히
눈길이 먼저 가닿은 경우라고나 할까
차도를 지나가는 버스와 택시
아직 신호가 바뀌지 않아
건널목에서 신호등을 지켜보고 선 여고생과 초등학생
은행나무 가로수와 보행로

담장을 따라 관상수가 옆으로 선 법원 담장 너머
법원청사 앞 나무 그늘 아래,
그는 담배를 피우고 있었다

4부

수평선 너머

여자가 바다를 향해 서 있었다 여자 뒤에서 남자가 여자를 카메라에 담고 있었다 나는 남자가 찍은 사진을 보았다 나는 사진을 버리고 바다로 달려갔다 여자는 돌아서는 법이 없었다 나는 인기척을 내지 않았다 남자는 내 뒤에 있어야 했다 나는 돌아보지 않았다 수평선이 뒤로 물러나고 있었다 여자가 앞으로 몇 발 짝 발을 옮겨놓았다 남자가 여자와 나 사이에 들어와 있었다 남자의 등짝이 여자를 가렸다 수평선이 한 치 다가왔다 여자가 몇 발 짝 뒤로 발을 옮겨놓았다 남자도 뒤로 몇 발짝 물러섰다 나는 뒤로 물러서다 무언가에 걸려 넘어질 뻔했다 수평선 끝에서 파도가 밀려와 방파제에서 부서졌다 갈매기가 날아올랐다 여자의 머리카락이 바닷바람에 흩어졌다 남자가 셔터를 눌렀다 나는 남자가 찍은 사진을 보았다 여자가 없었다 나는 사진을 버리고 다시 바다로 달려갔다 수평선이 턱까지 밀고 들어와 있었다 여자가 바다를 향해 서 있었다 수평선이 닫혔다 열렸다 여자는 맨발이었다

버스를 기다리며

나는 허둥댄다
돌을 주워들려 한다
돌이 없다
그 많던 돌은 다 어디로 갔나
작은 돌이 필요해
동전만 한 돌이

아스팔트 위
돌이 없다
보도블록이 서로 힘주어 껴안는다

고양이는 어느새
내 앞을 지나
길모퉁이를 돌아가면서
뒤를 힐끗 쳐다본다

고양이가 지나간 길모퉁이
작은 돌멩이 하나
동전처럼 떨어져 있다

버스가 온다

예식장을 나와 장례식장으로

엘과 엠은 질투가 날 정도로 붙어 다니다
하루아침에 멀어졌다
무슨 오해가 있겠거니 했는데
그게 아니었다
엘은 아무에게도 말하지 않고 암을 앓다 갑자기 죽었
는데
엘의 죽음을 엠에게 부고했지만
엠은 엘의 장례식장을 찾지 않았다
공교롭게도 엠도 암을 앓고 있었고
얼마 못 가 엘의 뒤를 따라가고 말았다
엠이 죽기 전에 엘의 장례식장을 찾았다면
좋은 그림을 한 장 남겼겠지만
그렇게 되지는 않았다
엠의 장례식장을 나오는데 카톡으로 결혼식 초대장이
날아왔다
가보지 않은 나라에서 온 초대장으로
어제 만난 앤에게서 온 것이었다
내가 앤 아들의 결혼식에 간다면
앤도 내 어머니의 장례식에 오겠지만

외국은 너무 멀다
어머니가 돌아가시면 앤에게 알리겠지만
앤이 오지 않는다 해도 섭섭해할 수 없다
직업상 늘 정장 차림을 할 수밖에 없는 오는
예식장에서 바로 장례식장으로 건너간 적이 있다
예식장에서 뷔페를 먹고
장례식장에서 돼지고기 수육을 먹었다
물론 넥타이는 다른 것으로 갈아 매었다
오는 자면서도 정장을 하고 자는 모양인데
이해가 안 되는 건 아니다
오는 장례식이든 결혼식이든 외국으로도 날아갈 사람
이다

토니의 입

다들 토니의 입이 엄마의 입을 닮았다는데
나는 동의할 수 없다

다들 뭘 본 거지
내 눈에는 왜 안 보이는 거지

본인은 어떻게 생각하는지 궁금해 물었더니
토니는 아무 말도 하지 않았다
내가 그들의 말에 동의하지 않고 있다는 것을 토니는
알고 있었을까

토니는 엄마의 입을 닮고 싶을까
생각해보았는데

토니는 엄마의 입을 닮고 싶지 않을 것 같았다
토니는 자신의 입이 엄마뿐만 아니라 누군가의 입과
닮았다는 것을 싫어할 것 같았다

내가 그랬다

그런데 잠깐 아주 잠깐
토니의 입이 엄마의 입을 닮아 있었다

토니 엄마의 입이 거울에 비쳤다 내 눈으로 건너왔는데

토니는 엄마의 입을 닮은 게 맞았다
내게는 거울 속에서였지만

토니의 엄마의 아들이니까
토니 엄마는 토니를 낳았으니까

모닝커피

어제 아침
접시를 떨어뜨려 깨뜨리고
오늘 안 좋은 일이 있으려나
했다

그 일을 까맣게 잊고 있다

커피를 마시다 말고

어제 안 좋은 일이 무엇이었지
생각하는

오늘 아침

과일의 계절

가을에 나는
서른 개의 사과와 쉰 개의 단감을 먹었다
겨울이 되자 사과와 단감에 손이 가지 않았다
단감은 다섯 개가 남아 있고
사과는 열 개가 남아 있다
지난여름에 그랬다
나는 열 개의 참외와 세 통의 수박과
스무 송이의 포도를 먹었다
가을이 가까워지자
참외와 포도는 남아 있는데도
사과와 단감에 먼저 손이 갔다
남은 참외와 수박과 포도는
가을이 끝날 무렵 버렸고
남은 사과와 단감은 아직 버리지 못했다
겨울에 나는 티브이를 보거나 창밖을 보며
귤을 까먹고 있을 것이다
내가 먹은 귤은 셀 수 없을 것이고
세지 않을 것이고
남는 귤은 없을 것이다

흐린 날의 편지

바람 속에 세 개의 빗방울이 섞여 있네요

하나는 아스팔트 위 버찌 열매의 터진 내장 속으로 떨어졌어요
또 하나는 사막을 오체투지로 횡단하고 있는 지렁이 이마 위로 떨어졌지요
나머지 하나는 허공을 나는 새가 물고 가네요

천 개의 빗방울을 머금은 구름이 방금 날아간 새의 행로를 되짚어 밀려오고 있습니다

화분의 나무는 언제 흔들렸나

나뭇잎이 흔들렸다
화분의 나무였다
아무것도 흔들리지 않는데
화분의 나뭇잎이 흔들렸다

아직 나오지 않은 카페여주인은
바람이 화분의 나무를 흔들고 간 걸 알까

멀리 초록이 올라올 때
여주인이 나타났다
여주인은 청소부터 시작했다

화분의 나무는 다시 흔들리지 않았다

화가의 옆얼굴

이 층에서 그는 늘 그림을 그리고 있었다
지나가는 사람들은
그의 곱슬머리를 볼 수 있을 뿐이었다
그는 홀아비이고 두 딸이 있었다
가끔 피아노 소리가 들렸는데
일 층에서 작은딸이 치는 것이라 했다
큰딸은 잘 보이지 않았지만
어두운 곳이 많은 집 어딘가에 있는 건 분명했다
집과 고양이가 잘 어울릴 것 같았지만
고양이를 좋아하지 않는지
고양이는 그림자도 보이지 않았다
작은딸이 피아노 연습을 끝내고 타는
자전거가 한 대 가로수에 기대어져 있었다
이 층 테라스에 놓인 화분 몇 점
꽃이 없는 빈 화분이었다
그가 창밖을 바라보는 것을 본 사람은 아무도 없었다

지붕 위에 아무것도 없었을 때

지붕 위에 아무것도 없었을 때 우리는 행복했지

지붕 위에 생선을 말리고 있었을 때
지붕 위에 고양이가 살금살금 생선에 접근했을 때
지붕 위에 파리가 꼬였을 때

아직 지붕 위에 아무것도 없었을 때
아직 우리가 행복했을 때

지붕 위에서 누가 뛰놀았을 때
지붕 위에 멀리 교회의 첨탑이 뾰족했을 때
아직 교회오빠를 몰랐을 때

낮게 서녘이 물들기 시작했을 때
교회의 종소리가 들렸을 때
개척교회 젊은 목사가 저녁기도 중
밭은기침을 했을 때

울컥

　다들 카메라만 들이대면 왜 우는지 울지 않으려고 했
는데…는 또 무슨 말이냐고 피를 토하고 손으로 받은 자
신의 피를 낯설게 내려다보고 있는 것 같은 너의 표정에
처음에는 쇼한다고 생각했지 그게 아니더라고 내 안에
도 나도 모르는 울컥이 있었어 울컥이란 놈 언제부터 우
리 안에서 자라고 있었던 거야 내 안에 울컥이란 놈이
있다는 것을 알면서도 너의 울컥은 보기 싫었어 밖으로
터져 나온 자신의 울컥을 낯선 표정으로 바라보고 있는
게 보기 좋지만은 않았지 내 울컥을 보게 된다면 너도
마찬가지겠지 뭐가 그리 슬퍼서 뭐가 그리 힘들다고 싶
겠지 내 안에 있는 울컥이란 놈 내 마음대로 안 되는 놈
삶은 고구마를 삼키듯이 꾹 삼켜보았지만 터져 나오는
놈은 기어코 모습을 드러내고 말더군 TV를 보는데 말이
지 카메라를 들이대자 자신만만한 너도 별수 없었어 순
간 울컥하고 말았지 네 안에도 울컥이 살고 있었던 거야
너도 모르게 너와 딴 살림으로 말이지 조심하라고 울컥
이 또 터져 나올지 몰라 나중에 겸연쩍어하지 말고 다들
고만고만 슬프고 고만고만 힘든 것 같은데도 속으로는
그게 아니었던 것 같아 모두 울컥을 키우고 있었더라고

그러니 TV카메라를 너무 가까이 들이대지 말길 힘드셨
죠 하는 눈빛을 날리지 말길 울컥은 동정의 눈빛을 먹고
사는 놈이니까 위로의 말을 하는 순간 튀어나오게 되어
있어 동정의 눈빛 위로의 말은 절대 금물 내가 해놓고
내가 부정하는 네가 해놓고 네가 부정하는 울컥 보기 싫
은 놈 없다고 자신했던 놈 누구에게나 있는 놈 네가 울
컥한 순간 나는 바로 채널을 돌려버렸지

음식에 대한 예의

먹다 남은 음식을 버리지 못하는 나를
좀스럽다 하겠지요
바닥에 떨어진 빵부스러기는
개미도 먹고 진드기도 먹는다고 하셨죠
잔반은 개도 먹고 돼지도 먹는다고도 하셨고요
저는 굶주리는 아이들이 얼마나 많은데요
하고 대꾸하고 싶었지만 참았어요
버려지는 음식이 아깝기도 하지만
무엇보다 버려지는 음식이 안타까워요
버림받는다는 건 안쓰러운 일이죠
내가 거두고 싶어요
고아를 입양하듯이
버리려면 나에게 버려주세요
내 위가 음식물쓰레기통이라고 생각해도 좋아요
내 몸이 음식의 고아원이 되어도 상관없어요
상한 음식이 아니라면
저를 주세요
음식은 음식으로서 역할을 다할 때 음식인 거겠죠
그들이 역할을 다하도록 도와주어야 해요

그게 나를 살게 하고
우리를 식구이게 한다고 봅니다

오늘은 이번 겨울 들어 가장 추웠다

낙엽이 바람에 휩쓸려 다니고 있었다

큰아이들 몇이
낙엽의 꽁무니를 밟고 서서 담배를 피우고 있었다
그중 여자아이가 연신 나를 힐끔거리며
내 눈길을 기다리고 있었다

어디 입만 벙긋해보시지

나는 부동자세로 앞만 보고 그들을 통과했다

안 보는 게 나아
눈 딱 감고 못 본 척하는 거야

그래 안 본 거야

런웨이를 처음 걷는 실버모델 지망생처럼
발이 몇 번 허공을 디뎠다

이제 사랑은 틀렸어

아니
솔직해지셔야지,
이미 늦었어요

여행은 즐거웠나요

그곳은 천국이라 했지요
오후 여섯 시 지옥행 기차에 무사히 몸을 실었다죠
지옥의 사무실을 막 나서던 나는
집으로 돌아가
수고한 나에게 소주 한 잔 권할 생각이었어요
그쪽이 천국에 간 동안
나는 그쪽이 부탁한 대로
출근하면서 그쪽의 집에 들러
개에게 밥을 주고 나왔어요
문을 열고 들어가자
내가 그쪽이 아닌 것을 알고는
개가 실망하는 것 같았어요
계획보다 일찍 돌아온다니
개도 기뻐하겠군요
지옥행 기차는 아홉 시에 도착한다고 했나요
자전거 탈 시간인데
자전거를 탈 수 없어 아쉽지만
차를 갖고 마중 나갈게요
천국에는 없을 개가 있고

애인이 있는
지옥에 돌아온 걸 안도하면서
지옥의 집에 다시 불을 밝히고
셋이서 늦은 저녁을 먹어요
짧은 천국의 기억으로
오랜 지옥의 삶을 견딜 수 있다면
개밥은 언제든 대신 줄 수 있어요

북한이 미사일을 발사할 때 2

새벽에 이상한 소리에 잠에서 깼다
드디어 일어나서는 안 되는 일이
모두가 일어날지도 모른다고 생각했던 일이
일어난 것이란 말인가
나는 눈을 감은 채 의식을 모아보았다
사람들은 아직 잠들어 있다
다른 방에서 잠든 그도 조용하다
그는 나보다 더 예민하지 않던가
나는 아무도 모르는 비밀을 알고 말았다
저들은 모두 잠들어 있을 때
잠들지 않고 은밀히 움직이고 있었다
내가 들은 이상한 소리가 내가 생각한 그것이든 아니든
모두가 잠든 이 밤중에 누군가 움직이고 있었던 것이다
아직 아무 일이 일어나지 않고 있다
날이 밝아 모두 잠에서 깨어나
아무것도 모른 채
어제처럼 하루를 시작할 수도 있다
술이 널 깬 취객의 음주운전 사고라 할지라도
새벽에 들었던 그 소리를
나는 내가 생각했던 대로 믿는다

벚나무 아래

벚나무 가로수 아래 버찌가 떨어지고 있었네
나는 자전거 바퀴로 버찌를 꾹꾹 밟고 갔네

선혈이 낭자한 벚나무 아래

붉은 혀로 버찌를 놀리던 그대의 입속을 생각했네

술을 배우다

술을 배우지 못한 자가 외따로이 앉아 있다
술을 배운 자들이 그를 아랑곳하지 않고
부어라 마셔라 하고 있다
술을 배운 자들의 학술토론은 늘 흥청망청했다
술을 배우지 못한 자는
일찍이 담배는 배웠고
담배에 대한 학문이 높았다
술을 배운 자 중 한 사람이
갑자기 생각난 듯 자리에서 일어나
술을 배우지 못한 자에게 다가가 귀에다 뭐라고 속삭
였다
둘은 자리를 떠나
은밀한 곳으로 숨어들었다
최근에 와서 달라진 풍경이었다
담배를 배운 자들은
학문이 아무리 높아도 학술토론을
공공의 장소에서 할 수는 없었다
술을 배운 자 대부분은 술을 배울 당시 담배도 배웠지만
이런 사회적 분위기 때문에 담배를 포기했다

사회적으로 기피하는 학문이기도 했지만

둘 다 연구하기에는 학문적 부담이 크기도 했다

담배를 배운 자와

술과 담배를 배운 자는

오 분 뒤에 아무 일도 없었다는 듯 돌아왔다

화장실에 가서 오줌 누고 돌아오는 데 걸리는 시간과
비슷했다

술과 담배를 배운 자는 자리에 앉자마자 술잔을 들이
켜고

다시 학술토론에 합류했다

술을 배우지 못하고 담배만 배운 자도 끼어들었다

술병은 쌓여가고

목소리는 높아 갔다

불판 위의 먹다 남은 돼지고기는 뻣뻣하게 굳어갔다

학술토론은 파국으로 치달려 갔다

안개 속의 사람

안개 속에는 사람이 있다
안개가 걷히고 아무도 없다 해도
안개 속에는 사람이 있었다
아직 오지 않은 사람은 안개 속에 있다
안개 속에서는 발자국 소리가 있다
안개가 걷히면 발자국이 없을지 몰라도
안개 속에는 호흡이 있었다
안개 속에는 자궁 속의 아기처럼
태어날 사람이 숨 쉬고 있다
안개 속에 아기가 없을지 몰라도
내가 다가가면 안개는 걷히고
안개 속에 아무도 없지만
안개 속에는 사람이 있었다
지금은 또 안개;
마르지 않는 샘물처럼
안개 속에는
태어나지 않은 사람이 있다
안개 속에는 아직 내게 오지 않은 사람이 있다
나는 사람을 기다리고

사람은 내게 오고 있고
안개 속에서
안개 속에는 내게 오지 못할 사람이

아무 거나

아무 거나가 미덕인 줄 알았어요
뭘 먹을 거냐고 당신이 물었을 때 아무 거나
식당에 함께 갔을 때도 뭘 시키죠 물으면 아무 거나
참 이기적이었어요
미덕은 무슨 미덕
미더덕이면 모를까
몰랐네요
모르고 살았어요
아무 거나는 세상 어디에도 없다는 것을
세상 어디에도 없는 아무 거나를 내놓으라고 했으니
아무 거나를 내 앞에 대령하려고
끼니때마다 온갖 상상을 다 동원했을
당신을 생각해봅니다
요리사는 예술가라고 생각해요
아무 거나를 만들어내야 하니까
아니 마술사인지도 모르죠
나의 요리사였던 당신
마술사였던 당신
그날은 당신을 위한답시고 식당을 찾았죠
식당에서도 예의 그 아무 거나를 찾았을 겁니다
나는 당신에게 선택권을 주었다 생각하고

당신은 선택을 자신에게 미뤘다고 생각했죠
당신은 당신이 먹고 싶은 것을
나도 먹고 싶어 할 줄 알고
여기 짜장면 두 그릇 주세요 했을 때
돌연 짜장면 먹고 싶다 안 했는데
난 간짜장으로 주세요 하고 외쳤죠
그날 나는 아무래도 아무 거나가 성에 차지 않았나 봐요
원했던 아무거나를 먹었는데도 배가 차지 않았던지요
그런 날이면 꼭 집으로 돌아와 라면을 끓여 먹는다든지
또 다른 뭔가를 먹었으니까요
뱃속을 아무 거나로 가득 채우고서야
나는 비로소 배를 두드리며 흡족해했죠
그 덕분인지 어느덧 배가 남산만 해졌어요
아무 거나 먹었으니 이렇게 된 거겠죠
그런데 이제 철이 들었는지
아무 거나로는 배가 차지 않네요
헛배만 불렀지
아무 거나는 아무것도 아니고 세상 어디에도 없으며
아무 거나로는 배를 채울 수 없다는 걸 알게 된 거죠
돌이켜보면
애써 미더덕을 좋아한다 말하고 다니던 세월이었어요

오래된 사진

오래된 사진 속에서 그가 웃고 있다
사진 밖의 나를 보고 웃고 있다
오래된 사진 속에서 그가
기다렸다는 듯
오랜 뒤에 내가 그를 꺼내 볼 것을 알기라도 했다는 듯
나를 보고 웃고 있다
오래된 그는 웃고 있지만
나는 웃을 수 없다
나는 웃자고
그가 웃는 것을 보자고
오래된 사진 속에서 웃고 있는 그를 들여다본 것은 아
니었다
나는 전혀 웃음이 나지 않지만
오래된 사진 속의 그는 계속해서
나를 보고 웃고 있다
계속 웃다 보면
나도 따라 웃기라도 할 것이라는 듯이
어리석게 웃고 있다
누가 시켜 웃는 것인지 모르지만

아니면 할 수 있는 게 웃음밖에 없기라도 하다는 듯
아니면 멋쩍어서 웃는 웃음인지 모르지만
오래된 사진 속에서 그가 웃고 있다
상대방이 웃으면 예의상 따라 웃어야 하지만
사진 밖의 나는 전혀 웃을 수가 없다
누가 시킨다 해도 오래된 사진 속에서 웃고 있는
그를 따라 웃을 수 없다
박제될 수밖에 없는 자신의 웃음의 운명을 그는 몰랐
을까
오래된 사진은 누굴 위한 사진인가
안 되겠다
영원히 웃고 있는 너를 찢어버려야겠다
안 되겠다
도무지 웃음이 나지 않는 나를 찢어버려야겠다
안 되겠다
너의 징그러운 웃음을 찢어버려야겠다
안 되겠다
오래된 사진을 들여다보고 있는 나를 찢어버려야겠다